Une fois de plus
Histoires courtes

Translated to French from the English version of
Only Once Again

Renuka.K.P.

Ukiyoto Publishing

Tous les droits d'édition mondiaux sont détenus par

Éditions Ukiyoto

Publié en 2024

Contenu Copyright © Renuka.K.P.

ISBN 9789362699480

Tous droits réservés.
Aucune partie de cette publication ne peut être reproduite, transmise ou stockée dans un système de recherche documentaire, sous quelque forme que ce soit et par quelque moyen que ce soit, électronique, mécanique, photocopie, enregistrement ou autre, sans l'autorisation préalable de l'éditeur.

Les droits moraux de l'auteur ont été revendiqués.

Il s'agit d'une œuvre de fiction. Les noms, les personnages, les entreprises, les lieux, les événements, les sites et les incidents sont soit le fruit de l'imagination de l'auteur, soit utilisés de manière fictive. Toute ressemblance avec des personnes réelles, vivantes ou décédées, ou avec des événements réels est purement fortuite.

Ce livre est vendu à la condition qu'il ne soit pas prêté, revendu, loué ou diffusé de quelque manière que ce soit, à titre commercial ou autre, sans l'accord préalable de l'éditeur, sous une forme de reliure ou de couverture autre que celle dans laquelle il est publié.

www.ukiyoto.com

En souvenir de mes frères et sœurs disparus

Contenu

Une célébration de l'Onam.	1
Kalariyakshi - Un conte de fées.	7
L'illusion.	12
Un examen de fin d'année.	18
Un voyage à Bangalore.	23
Un bavardage.	28
Une complaisance différente.	34
Intercités.	39

Une célébration de l'Onam.

Aujourd'hui, c'est Thiruvonam. La fête de l'or dans le mois de l'or du Lion ! Des cris de joie fusent de toutes parts. En écoutant tout cela, Sudha était allongée sur le lit. Après avoir respiré profondément, elle se lève lentement. Elle s'est ensuite rendue dans la véranda et s'est assise sur la chaise en plastique bleu devant sa petite maison. La chaise où sa mère avait l'habitude de s'asseoir. Sudha a ressenti un soulagement indescriptible en s'asseyant dessus.

En s'asseyant là, on peut voir la maison de son frère aîné qui vit à proximité de la sienne. Elle l'appelle Chetan. La famille de Geetha, l'épouse de Chetan, était déjà venue la veille au soir pour célébrer l'Onam avec eux.

Au bout d'un moment, la mère de Geetha est descendue dans la cour. Bien que Geetha soit plus âgée qu'elle de par sa position, Sudha l'appelle par son nom parce qu'elles ont le même âge. Geetha préfère également cela car elle veut être toujours plus jeune, comme la plupart des femmes ici. Lorsqu'elle l'a vue, la mère de Geetha l'a appelée et lui a demandé.

"Pourquoi es-tu assis là sans rien faire, viens ici au lieu d'être là tout seul."

"Oui, tante, je suis assis ici sans rien faire. Quand est-ce que tante est venue ?" Sudha a demandé, bien qu'elle ait connu leur arrivée, juste pour demander quelque chose à ce moment-là.

"Votre frère nous a invités à célébrer l'onam ici en disant que nous nous rencontrerions tous. Ne reste pas seul là-bas, viens ici."

"Oui, je viens."

Après avoir dit cela, elle est entrée à l'intérieur. Quel est son destin ? Elle est invitée par leur hôte dans la maison de son propre frère où elle a le droit de vivre en toute liberté, d'autant plus qu'elle n'est pas mariée et n'a pas de famille. Lorsque Sudha s'en est souvenue, elle s'est sentie triste et déçue à l'intérieur. À ce moment-là, un lézard a fait du bruit sur la vitre de la fenêtre, lui indiquant que sa pensée était correcte.

Si ma mère était là ! Nous aurions pu fêter l'Onam comme il se doit. Même une fois seuls, nous avons préparé tous les plats pour Onam et Vishu et nous avons profité de chaque festival. En général, l'un des anciens nous offrait également un Onakodi (une nouvelle robe pour l'Onam) à tous les deux. Pourquoi Dieu a-t-il appelé ma mère si rapidement en me laissant seul ? Comment a-t-elle pu quitter cette terre en paix en pensant à moi ? Les rênes de ses pensées commencèrent lentement à se relâcher et, enfin, elles atteignirent sa mère.

Je n'avais personne d'autre pour me réconforter que ma mère lorsque j'étais profondément blessée dans mon cœur ou déprimée par l'agonie', pensait-elle. 'Lorsque ma mère est partie, comme ma vie est devenue pathétique dans cette maison'. Le souvenir de sa mère bien-aimée, qui était son seul soutien, commençait à la rendre émotive. Cela l'a ramenée à l'époque de son enfance.

Après avoir quitté l'école au moment de l'Onam, la première chose que nous faisions était de courir cueillir des fleurs avec ma jeune sœur et mes amis. Le côté sud de notre terrain était rempli de fleurs de différentes couleurs. Nous devons ramasser toutes ces fleurs avant qu'Indu et Suma n'arrivent de la maison voisine. Si nous sommes vus en train de cueillir des fleurs, Alice de la maison voisine courra aussi pour nous rejoindre. Même si elle ne fait pas de pookkalam (parterre de fleurs), elle aime cueillir des fleurs avec nous. Il y a plein de kakkapoove (une petite fleur dans le sol) partout... Après avoir cueilli le kakkapoove et le thumbapoove (une petite fleur blanche spéciale pour l'onam) dans une feuille de gombo, nous rentrons à la maison. Il suffit de cueillir toutes les autres fleurs dans la matinée. Le lendemain matin, notre pookkalam sera le meilleur de la région. En se souvenant de tout cela, elle soupira à nouveau.

Un jour, ils ramassaient du kakkapoove sur le terrain déserté de leur voisin Pillai. Il y avait un étang dans cette zone déserte. Il y a plein de kakkappove tout autour. Puis il y a eu un bruit de "boum" pendant qu'ils cueillaient des fleurs, assis là. Alice et sa sœur ont eu peur en entendant le bruit.

"Cela suffit, rentrons à la maison", dit la sœur à voix basse. Ils ont dit avoir vu une femme dans l'étang sortir de l'eau.

Elle a également entendu le bruit, mais lorsqu'elle a regardé, il n'y avait personne. Elle a pensé qu'il devait s'agir d'une illusion ou de quelque chose de ce genre. Mais elle n'arrive pas à croire que sa sœur et Alice disent avoir vu une forme féminine sortir de l'eau. Quoi qu'il en soit, ils sont rentrés chez eux immédiatement et ont raconté l'affaire à sa mère.

"Qui t'a dit de t'approcher de cet étang ? Il y a le fantôme d'une dame qui est morte noyée dans cet étang dans le passé".

"Et le fantôme, ne le dites pas, Mère", dit-elle.

"Savitri, la voisine de l'est, est allée se baigner dans cet étang immédiatement après son mariage avec Sundaran dans cette maison. Plus tard, voulez-vous savoir ce qui s'est passé ? Savitri était hantée par le fantôme de cette dame. Savitri se mit à parler comme cette dame avec laquelle elle n'avait jamais eu d'expérience jusqu'alors. C'est la belle-mère de Savitri qui a réalisé que cette dame lui était familière très tôt. Il aurait dû voir le regard de Savitri à ce moment-là ! Sa voix et ses gestes étaient à l'image de cette dame selon sa belle-mère. Ses yeux, rouges et changeants, étaient montrés par la peur. En la voyant, tout le monde a eu peur". Sa mère poursuit.

Après en avoir entendu parler, ils ont commencé à trembler de peur. Sa sœur se tient près de sa mère, effrayée. La mère a répété que la dame avait été trompée par un Kumaran et qu'elle avait été conçue par lui. Elle a donc quitté ce monde en se noyant dans l'étang et les deux âmes qui s'étaient noyées y erraient sans pouvoir renaître.

"Ce fantôme est toujours là. N'y allez pas." La mère a de nouveau mis en garde.

Enfin, au crépuscule, ma mère a pris du sel et du poivre dans sa main et a fait un tour au-dessus de nos têtes. Ensuite, elle l'a mis dans un feu et l'a brûlé pour éliminer toutes les vibrations négatives qui s'y trouvaient. Mon père s'est moqué de maman quand il a vu tout cela.

"Qu'est-ce que tu racontes, n'importe quelle noix de coco a dû tomber dans cet étang." La mère n'a pas dit grand-chose après cela. Sudha se souvient encore clairement de tout cela.

Oh ! Ma mère était-elle bienveillante ? Si elle était là aujourd'hui ! Je suis maintenant seul dans cette maison en ce jour spécial de Thiruvonnam. Les larmes ont commencé à couler de ses yeux sans discontinuer alors qu'elle se souvenait. Là où se trouve l'âme de ma mère, il se peut qu'elle verse des larmes en se souvenant de moi". Sudha soupire en pensant ainsi. C'est à ce moment-là que son frère est venu la voir.

"Qu'est-ce qui vous inquiète ? Pourquoi toutes ces larmes sur ton visage ?" demande-t-il.

"Rien, je me suis soudain souvenu de notre mère."

"Qu'y a-t-il de mal à dire cela maintenant qu'elle est partie ?" Son visage s'est aussi un peu flétri. Puis il retrouva son équilibre et dit,

"Sudha, viens là-bas, nous pouvons manger là-bas." Elle secoue la tête.

Dans la maison de Chetan, on entend que Geetha et leurs invités parlent fort et rient en faisant des blagues, etc. Ils sont heureux de vivre ensemble. Chetan veut que je rejoigne leur groupe. Mais Geetha ? Elle dit que je ne suis pas en bonne santé mentale. Alors comment peut-elle me permettre de me joindre à eux ? Elle soupire à nouveau.

Qu'est-il advenu de sa vie ? La mort de son père et l'insécurité qui s'en est suivie à la maison, toutes ces choses ont provoqué des changements en elle. Son état mental a changé. Elle n'a pas pu passer ses examens. Quelques illusions, parfois dans la même posture pendant de longues périodes sans un mot. Si quelqu'un la questionne, elle explose. Enfin, une vie de dépendance aux pilules.

La solitude l'a rendue pensive et triste en cette occasion spéciale aujourd'hui. Même si je n'ai plus rien de grave, Geetha pense que je suis folle. Comment peuvent-ils m'ajouter à leur liste ? Si c'était sa sœur qui était à ma place, son attitude serait peut-être tout à fait différente".

Comme nous le savons, une personne qui s'est rétablie d'un trouble mental au cours de sa vie ne sera plus acceptée par personne comme avant, même si elle est innocente, à l'exception de sa famille.

Sudha a peur de Geetha. Son frère craint également sa nature. S'il y a un conflit entre eux, en le faisant chanter ou en le menaçant, elle mettra tout sous son contrôle. Si le problème n'est pas résolu, elle aggravera la situation. Quoi qu'il en soit, elle a de la chance, car son mari est fier et se respecte, et il cachera tout à l'insu des autres. Le fait est que Sudha dispose de médicaments pour soigner sa maladie, le cas échéant. Mais qu'en est-il de Geetha ? Personne n'est au courant de ses troubles du comportement et du danger qu'elle représente pour sa famille.

"Sudha, viens et buvons du thé." La mère de Geetha a rappelé généreusement.

Sudha est entrée sans l'entendre. Elle s'allongea paresseusement sur le lit pendant un moment. Elle s'est endormie en pensant qu'elle était punie par Dieu pour le crime qu'elle avait commis. Lorsqu'elle se lève, on peut entendre le bruit d'une conversation bruyante du côté nord de sa maison. Ammalu Amma, ses enfants et ses petits-enfants sont réunis dans la véranda de sa maison. L'une de ses filles vit avec elle et son fils vit également à proximité, dans une autre maison. S'il y a une fête ou quelque chose de ce genre, ils se réunissent tous avec elle. Ce sera alors comme jeter une pierre dans le nid d'oiseau. Sudha se leva, ouvrit la fenêtre du côté nord et resta un moment à la regarder.

Si mon mariage avait eu lieu à l'âge voulu, des enfants comme ceux-là auraient été là aussi. Que puis-je dire d'autre que mon destin ? Elle se sentit à nouveau triste en pensant ainsi. Pendant qu'elle regardait ainsi, son frère est revenu.

"Sudha, tu n'as pas pris de bain ? Prenez immédiatement un bain et rentrez à la maison pour y prendre votre thé."

Pauvre homme, il est revenu agité après avoir pensé à elle. Elle a ensuite fait quelques tâches ménagères comme le nettoyage et le bain, et s'est rendue à la maison de Chetan.

"Cet onamkodi est pour vous." Geetha a pris une nouvelle robe et l'a donnée à Sudha. Elle l'a reçu, en pensant que, quoi qu'il en soit, c'était peut-être suffisant pour moi.

Geetha recevra une prime et une avance du gouvernement. Lorsqu'elle s'y est rendue, ils discutaient des achats à faire pour l'onam. Elle ne voulait pas en entendre parler. Qu'arrive-t-il à un chat dans un endroit où l'on garde de l'or ? L'Onam est destiné aux personnes qui ont de la famille et de l'argent. Pour des personnes comme elle, c'est comme si elle disait : "même si un onam ou un anniversaire arrive, la bouillie pour le Coran sera toujours dans un pot d'argile". Ne sont-ils pas en train de la marginaliser ? Elle avait bien étudié dans toutes les classes et aurait pu atteindre un niveau élevé si elle n'avait pas été malade. Si quelqu'un parle ainsi d'elle, Geetha l'humiliera en disant qu'elle aurait été une collectionneuse ici.

Sudha s'est assis sur une chaise dans la salle à manger. Les parents et les frères de Geetha ainsi que leur famille sont présents. Ils courent ici et là pour faire un festin, etc. Sudha s'est assise en silence d'un côté de la table et a pris son petit déjeuner seule. Son frère vint alors s'asseoir près d'elle pour lui tenir compagnie et commença à lui parler.

Sudha a jeté un coup d'œil dans la cuisine. La cuisine s'y déroule bien. Une odeur savoureuse s'en dégage. Comme Geetha ne l'autorise pas à entrer dans la cuisine, elle n'y est pas admise. Certains invités l'ont interrogée sur quelque chose. Sudha leur répond et rentre chez elle.

Sudha sait très bien que la non-coopération de Geetha rend son frère impuissant. Elle essaie donc souvent de s'éloigner d'eux pour éviter à son frère de se retrouver dans cette situation d'impuissance. Elle prépare la nourriture pour elle seule. Ce n'est qu'aujourd'hui qu'elle a reçu une invitation spéciale de Geetha pour Onam. Comme elle n'est pas bien dans sa tête, personne d'autre que sa propre famille ne l'acceptera. Elle le connaît bien et se calme. Au bout d'un certain temps, elle a vu Chetan couper la feuille de bananier du jardin pour servir le festin et l'emmener à l'intérieur. Sudha s'y rendit à nouveau pour un festin d'Onam auquel elle avait été invitée par son frère.

Bien qu'elle ait été empêchée de mettre du pookkalam pendant ces dix jours, Geetha a fait preuve de générosité en lui permettant de se joindre à eux pour la fête en ce jour de thiruvonam. Sudha considère que cela lui porte chance.

....

Kalariyakshi - Un conte de fées.

"Marchez vite sans dire un mot, ne vous retournez pas."

Nous a dit Kutettan à voix basse. Nous nous rendions à Mattappadam (lieu d'échange de marchandises) en lui tenant la main. Mon oncle lui a confié de l'argent à dépenser pour nous. Nous en sommes très heureux et nous nous en réjouissons.

Lorsque j'ai demandé "Que s'est-il passé ?", il nous a dit de ne pas parler en montrant sa bouche couverte par sa main et a rapidement avancé ses pieds et commencé à marcher avec crainte. Après un certain temps, lorsqu'ils sont arrivés à un certain endroit, Kuttettan (un frère d'une maison voisine) nous a expliqué ce qui s'était passé.

"N'est-ce pas ainsi que nous venons de marcher ? Il y a un Kalari à l'intérieur de la clôture sur le côté nord de ce chemin. On dit qu'il y a une fée dans ce Kalari. Une figure féminine aux cheveux détachés et portant un sari blanc. A midi, elle viendra derrière les passants et demandera un peu de chaux. Lorsque nous nous retournerons, nous verrons un Yakshi avec de longues dents, etc. comme s'il attendait de boire notre sang. Beaucoup de gens disent qu'ils l'ont vu".

Lorsque Kuttettan a dit cela, il y avait de la peur dans ses yeux. Après avoir entendu dire que de nombreuses personnes avaient été choquées de voir la fée, nous sommes arrivés à Mattappadam.

Dans le passé, avant l'invention des pièces de monnaie, il existait un système d'échange de produits. À l'époque, les transactions se faisaient à l'aide de marchandises plutôt que d'argent. Aujourd'hui encore, chaque année, à Chendamangalam, une localité du district d'Ernakulam, une foire commerciale est organisée la veille du festival "Vishu". Kuttettan nous a emmenés là-bas et nous a tout montré. Il y a toutes sortes d'objets anciens comme des paniers, des pots, des nattes, des pots en terre cuite, etc. Kuttettan m'a acheté un petit bateau qui marche sur l'eau. Mon jeune frère, qui est avec nous, a reçu une petite voiture et une flûte. Après avoir erré ici et là, nous sommes revenus avec beaucoup de jouets, de pastèques, de bonbons, etc. En chemin, nous avons demandé à Kuttettan de revenir par un autre chemin.

"Kuttetta, nous pouvons revenir d'une autre manière. Nous avons peur de cette fée sur le chemin". Personne n'a caché sa peur.

Il n'y a pas d'autre solution. Nous ne devons avoir peur que lorsque nous nous rendons seuls à midi. N'ayez pas peur maintenant." Kuttettan nous a calmés. Nous sommes donc rentrés à la maison.

Immédiatement après la fermeture de l'école au milieu de l'été, nous étions généralement envoyés loin de notre maison dans la ville voisine pour célébrer les vacances dans la maison ancestrale de notre mère à Chendamangalam chaque année. Cette fois-ci, nous sommes venus à pied depuis notre domicile deux jours auparavant. Nous devons traverser deux rivières en ferry pour arriver ici. Nous marcherons effrayés jusqu'à ce que nous ayons traversé le ferry. Après avoir traversé la rivière, nous serons excités et heureux d'atteindre la maison de la mère.

Notre grand-mère est décédée quelques années auparavant et l'une de nos cousines a été choisie par sa famille pour y résider et s'occuper de la maison et des deux oncles qui étaient alors célibataires. Les oncles étaient très stricts. Tous les neveux les craignaient et les respectaient. C'est pourquoi il y avait une grande discipline dans cette maison, surtout quand ils étaient là. Chaque fois que nous étions là, nous avions l'habitude de parler entre nous à voix très basse, sans faire le moindre bruit. Notre vénération envers eux était telle que nous craignions même de demander quelque chose à plusieurs reprises si nous ne pouvions pas comprendre ce qu'ils nous disaient. Les enfants de la maison voisine au nord viennent également habiter chez la sœur cousine jusqu'à ce qu'ils rentrent tous les deux à la maison le soir, quel que soit le jour.

Kuttetten est rentré chez lui après nous avoir déposés ici et le lendemain matin, il est revenu. L'oncle l'avait chargé plus tôt d'aller faire les courses au fur et à mesure des besoins. Un jour, lorsqu'il est allé au magasin de rationnement, il m'a emmenée avec lui. Le chemin passait par la façade d'une vieille maison chrétienne appelée Anelil. J'y étais allé plus tôt pour récolter des graines d'anchois avec un ami de la maison voisine à l'est. Lorsque nous sommes arrivés près de cette maison, Kutettan a montré une vieille dame dans ce bungalow au milieu de ce grand terrain.

"Cette grand-mère n'est pas morte, même après que le prêtre soit venu lui donner la dernière kudasa.

"Cette grand-mère est-elle un fantôme ?" Il n'a pas compris mon doute. Kuttettan n'a pas apprécié cette question.

"Ah, je n'en sais rien", dit-il avec dépit.

Nous avons marché en racontant comment cette grand-mère était revenue à la vie après avoir reçu les derniers sacrements.

Un chanteur de l'église vivait dans la maison située du côté sud. Sa fille Gressy avait mon âge, mais elle ne voulait pas me parler. Elle a peut-être un ego, car elle est la fille cadette de cette ancienne maison chrétienne qui possède des biens essentiels. Les femmes de cette maison étaient rarement vues à l'extérieur. Si l'on regarde depuis la route, on ne voit que la plante à rideaux suspendue. Une famille orthodoxe. Quand je la vois, je me souviens de la riche Gressy qui hésitait à partager son parapluie avec Lilly qui allait à l'école sous la pluie sans parapluie dans la célèbre histoire de Muttathu Varki "Orukudayum Kunjupengalumm".

Après le décès de la grand-mère, l'oncle aîné s'est surtout consacré à la prière. L'oncle qui croyait que sa mère était morte à cause de la sorcellerie de quelqu'un a eu recours à la bhakti pour se débarrasser de ses mauvais effets dans l'au-delà. Il se lèvera à quatre heures du matin et effectuera des bains et des rituels tous les jours. Nous nous réveillons généralement le matin en entendant le chant du Naamajapam et en sentant le parfum du bois de santal.

Un jour, une femme est venue chercher de l'aide pour rédiger une pétition. L'oncle le plus jeune, qui est instituteur, a pris du papier et un stylo et m'a dit d'écrire. J'étais en cinquième année et j'ai écrit ce que mon oncle m'a dit d'une belle écriture. Il s'agissait d'une pétition pour que sa fille obtienne un certificat de transfert pour changer d'école. Lorsqu'ils ont demandé : "N'est-ce pas l'enfant de la sœur de monsieur? ma fierté est montée au ciel.

Un instituteur de LP qui apprend aux enfants à écrire les premières lettres de la langue était très respecté par les gens ordinaires de la société de l'époque. J'ai entendu dire qu'un professeur d'université qui enseignait les sciences politiques dans un collège avait considéré dans son enfance son instituteur de LP comme "le plus grand homme". On se souviendra toujours de ceux qui enseignent les lettres initiales.

Kutettan vient toujours le soir. Ensuite, dans la pièce attenante à la cuisine, nous nous retrouvons tous pour parler de choses et d'autres. Un jour, au cours de notre entretien, alors qu'il décrivait comment la fin du monde se produirait par une pluie de feu, nous avons tous commencé à trembler de peur.

L'école est sur le point d'ouvrir. Nous devons rentrer à la maison. L'oncle nous a donné de l'argent pour le bus. Nous sommes donc devenus heureux et paisibles. Il n'y a pas de raison d'avoir peur de monter sur le ferry. Après avoir pris un bain et mangé du porridge, nous nous préparons à rentrer à la maison. Il est maintenant 11h30. Nous avons quitté la maison après avoir dit au revoir à notre cousine, à notre sœur et à notre oncle. Oh mon Dieu, ce chemin est le même que celui qui mène à Mattappadam. Ce n'est que lorsque nous sommes arrivés sur place que nous avons compris. Le même chemin le long du côté de Kalary par lequel nous sommes allés à Mattapadam. Après le pont du canal, nous avons atteint le sentier. Lorsque nous sommes arrivés près de Kalari, nous avons regardé à l'intérieur de la clôture, du côté nord, en cherchant la tête avec crainte. Il est midi ? Un vieux bâtiment délabré ressemblant à un petit temple vu fermé à clé. Serait-ce le Kalari dont parlait Kutettan ? Nous avons eu peur et nous nous sommes mis à marcher rapidement après avoir dit cela en secret. C'est alors qu'un appel se fait entendre de l'arrière. Une voix de femme.

"Ne bougez pas."

Nous n'avons vu personne pendant si longtemps. Comment est-elle arrivée si soudainement ? J'ai lentement regardé derrière moi, les yeux mi-clos. Oui, c'est une femme.

"J'ai également vu une personne portant un sarrau blanc et les cheveux étalés. Puis nous avons couru tous les deux sans nous retourner jusqu'à ce que nous nous retrouvions sur le banc en ciment de la salle d'attente de la gare routière. Nous avions peur de nous parler. C'est à ce moment-là qu'une sœur est entrée dans le hangar.

"Pourquoi t'es-tu enfui quand je t'ai appelé ? Ne sont-ils pas les enfants de sœur Bhavani ?"

"Oui, nous avons couru en pensant que c'était l'heure du bus", ai-je répondu.

 Cette sœur appartient à la famille de notre mère et nous connaissait tous. Plus tard, lorsque nous sommes rentrés à la maison, nous avons tous ri en parlant de cette stupidité. En outre, on a appris qu'elle n'était pas mariée et qu'elle menait une vie de nonne, portant des vêtements blancs et écartant les cheveux avec des thulasikathir sur la tête. Elle est toujours dans la bhakti.

Cela fait longtemps que j'entends dire qu'il y a une fée dans cette zone, alors il vaut mieux ne pas aller par là à midi". Conseil de la mère.

Nous avons eu beau nous demander pourquoi la Yakshi vivait à Kalari, nous n'avons pas eu d'indice.

....

L'illusion.

Il est neuf heures et quart. Le bus arrivera bientôt. Jodsna accroche son sac, verrouille la porte et sort. Tirant le châle droit sur l'épaule, elle se mit à courir jusqu'à l'arrêt de bus. Si elle prend ce bus, elle pourra arriver à l'heure au bureau. Si vous êtes en retard d'une minute, vous n'avez aucune chance de prendre ce bus. Le directeur du bureau attend qu'il soit 10 heures pour inscrire un retard dans le registre des présences. Elle marche d'un bon pas. Tout en marchant, elle essayait de se souvenir de toutes les choses à faire au bureau. L'audit est sur le point de commencer. Tous les dossiers doivent être corrigés. Dans l'intervalle, de nombreuses personnes formuleront de nombreuses demandes. Il convient d'y répondre.

"Pourquoi Jodsna court-elle alors qu'on est lundi ?"

Elle s'est retournée avec un sourire. C'est Basheerika de la maison voisine. 'Pourquoi devrait-il s'inquiéter de savoir si j'ai couru ou si j'ai marché', se dit-elle dans son esprit. Mais elle ne le lui dit pas et se contente d'un léger sourire en guise de réponse. Elle a donc marché et atteint l'arrêt de bus. Dès que le bus est arrivé, elle s'est agrippée à lui et est montée dedans. Il n'y a pas de place pour monter dans le bus.

Kerioru kerioru keriniku". ("Tous ceux qui sont à l'intérieur doivent se déplacer vers l'avant") Le nettoyeur du bus fait du bruit en frappant sur le côté du bus.

Un 'Kili' (surnom du nettoyeur de bus) qui n'a pas le temps de faire entrer les gens.

"Pourquoi essayez-vous de casser le bus ?" Quelqu'un s'est mis en colère contre lui.

Il sonnera la cloche pour faire démarrer le bus avant que les gens ne montent à bord. En voyant son bruit et son comportement, on peut penser qu'il va acheter une pilule d'urgence. On a souvent l'impression que le gouvernement devrait donner à la force une formation supplémentaire pour acquérir la maîtrise de soi avant de délivrer les permis de conduire. Aujourd'hui, où que l'on regarde dans notre pays, on voit beaucoup de travailleurs sensibilisés.

Lorsqu'elle rentre à la maison après avoir travaillé au bureau, il est environ 18 heures. Une fois qu'elle s'est reposée un peu, elle reprend son "voyage" pour s'occuper de ses affaires domestiques. Ensuite, elle reste à la maison pour faire tout le travail jusqu'à ce qu'elle dorme. Dès que l'alarme sonne à l'aube, Jodsna se lève et passe généralement deux heures dans la cuisine. Ses deux enfants étudient dans une école anglophone. Leur bus scolaire arrive à 7h30. Quant à son mari, il doit partir à 8 heures. Après leur avoir préparé à manger et les avoir laissés à l'heure, elle peut s'asseoir tranquillement dans son monde, seule, pendant un certain temps. Ouah ! Cela fait quinze ans que ce voyage a commencé.

Les enfants de Jodsna étudient dans l'école la plus réputée du pays. Ses enfants ont été admis dans cette école au niveau LKG sur la recommandation d'un haut fonctionnaire de son département. Jodsna et son mari s'étaient d'abord vu refuser l'admission parce qu'ils ne parlaient pas couramment l'anglais. C'est pourquoi Jodsna a tenté d'obtenir la recommandation. Comme c'était difficile pour elle ! Combien elle a essayé de le faire ! Shiva Shiva ! L'objectif derrière tout cela était l'admission à une classe de coaching d'entrée et donc une formation professionnelle pour leurs enfants à l'avenir. Aujourd'hui, il est possible d'être admis même dans les classes de coaching si les étudiants n'ont que des notes élevées ! Jodsna a vu de nombreuses personnes travaillant avec elle se battre pour cela. C'est pourquoi elle prend des précautions en ce moment. Elle a été surprise de voir son amie amener ses enfants dans une petite classe d'une école relevant d'un célèbre établissement d'enseignement pour s'assurer d'y être admise à l'avenir. Mais Jodsna est aujourd'hui sur la même voie.

À cette époque, une autre saison d'Onam est arrivée. Comme les enfants doivent aller à l'école tôt le matin, le pookkalam n'est pas préparé ici. La période scolaire ne s'y prête pas et tous sont occupés à ce moment-là. En tout cas, cette année, Jodsna a décidé de faire du pookkalam avec les fleurs disponibles sur place.

"Les enfants, nous devrions faire du Pookkalam cette année, cela fait longtemps que nous n'en avons pas fait dans notre cour à l'occasion de l'Onam.

"Oh, maman devrait nous laisser tranquilles. En disant cela, ils ont allumé la télévision et ont commencé à regarder des séries de dessins animés.

Le jour de l'Atham (le premier jour de la fête) est arrivé quelques jours plus tard. Jodsna ne dit rien à ses enfants car elle sait qu'elle n'a pas le temps de s'occuper d'eux le matin. Le bus scolaire arrivera lui-même à 7 heures.

Lorsque la saison de l'Onam arrivait dans son enfance, elle allait cueillir des fleurs avec ses amis des maisons voisines. La cour serait nettoyée à l'aide de bouse de vache. Une tante de la maison voisine avait l'habitude de fabriquer des sacs de fleurs en feuilles de palmier pour tout le monde. À l'époque, il suffisait d'aller à l'école à 10 heures et d'en revenir à 16 heures. Quelle compétition entre amis pour faire le meilleur pookkalam !

Toutes sortes de fleurs avaient fleuri sur les clôtures de toutes les maisons. À cette époque, les vacances étaient les jours les plus heureux. Les garçons des maisons voisines, un bâton à la main, partaient en groupe sur la route pour cueillir des fleurs dans les maisons situées de part et d'autre de la route. Il était particulièrement heureux et excitant de cueillir des fleurs au sommet des murs de certaines maisons sans les connaître, car c'était une aventure. Il y aurait plein de fleurs de pois dans le club voisin de Sreemoolam. Dans son enfance, la saison de l'onam était une période pleine de bonheur et d'excitation. Mais pour ses enfants ? On peut dire qu'ils ne voient ces pookkalam (parterres de fleurs) qu'à l'école.

Jodsna se rend maintenant au travail après avoir cueilli des fleurs dans la cour et installé un pookkalam (parterre de fleurs) sous le porche de la voiture, car elle n'avait pas de fumier pour nettoyer la cour. Lorsqu'elle viendra le soir, Joyce demandera à ses enfants leur avis sur le parterre de fleurs.

Comment était le parterre de fleurs, les enfants ?

Les enfants ont l'air d'avoir vu quelque chose de stupide. Ils n'ont jamais connu la beauté de l'Onam au sens propre du terme.

Plongés dans le monde magique créé par les vendeurs d'éducation, elle et son mari ont tout enduré et paient tout l'argent qu'ils ont gagné en frais de scolarité pour enseigner à leurs enfants dans une école de langue anglaise. Bien qu'il n'y ait pas beaucoup d'équipements, elle pense que les écoles publiques sont bien meilleures pour le développement interne et l'épanouissement culturel des enfants. Elle a vu l'amour et l'attention que les enfants du quartier se portent les uns aux autres sur le chemin de l'école publique. Beaucoup de ceux qui ont étudié ici ont atteint les plus hauts niveaux de la société. Lorsque son mari est venu le soir, elle lui a parlé de sa déception.

"Tu ne fais pas tout cela en voyant tes amis ? Tu dois souffrir toute seule. D'un côté, nous perdons notre argent et de l'autre, nous changeons leur culture. Toutes ces choses ne sont-elles pas faites par toi seul, le pourquoi de cette larme ? Il est devenu furieux.

". Permettez-moi d'ajouter une chose. Si cela continue ainsi, au bout d'un certain temps, il faudra leur apprendre la signification de mère et de père. N'est-ce pas ainsi qu'ils sont enseignés aujourd'hui ?"

Lorsqu'elle a entendu cela, elle a senti que c'était juste. Aujourd'hui, Jodsna pense que la langue anglaise et les cours d'entrée, etc. ne devraient être envisagés qu'après avoir enseigné les aspects méritoires de notre culture et de nos traditions. Cependant, nous ne pouvons pas ignorer le flux du temps. Jodsna réfléchit à nouveau et envisage une éducation équilibrée sans gâcher les bons aspects de notre culture et de la modernité.

L'examen d'entrée doit être gagné pour tout. La plupart des parents sont prudents lorsqu'il s'agit de faire franchir cette barrière à leurs enfants. Dans le passé, même s'il y avait une influence de l'argent, seuls ceux qui avaient un intérêt naturel pour les études professionnelles (médecine, etc.) s'y inscrivaient généralement. Elles profiteront à la société et à lui-même. Mais aujourd'hui, avant de commencer les études, les parents décident de l'orientation professionnelle de leurs enfants. Ces enfants sont-ils des marionnettes pour satisfaire l'ego des parents ?

L'école est fermée pour l'Onam. Les deux enfants passent le plus clair de leur temps à jouer à l'ordinateur. Jodsna a acheté de bons magazines pour enfants afin qu'ils prennent l'habitude de lire. Deux jours plus tard, c'est Thiruvonam. Le soir, ils sont tous allés en ville pour acheter un onamkodi (nouvelle robe). Après avoir reçu de nouveaux vêtements, les enfants sont devenus heureux et enthousiastes à l'idée de l'Onam.

Les vacances d'Onam ont commencé au bureau. C'est alors qu'elle a commencé à préparer les célébrations de l'Onam à la maison. Le rythme de la chanson d'Onam et d'Onakali devenait un charme pour elle. Les souvenirs des fêtes d'Onam de son enfance lui reviennent à l'esprit. Le soir, dans la cour de la maison du côté nord, toutes les femmes du quartier se réunissaient pour jouer à l'onamkali. Tous ensemble, ils chanteront des chansons, joueront et regarderont l'Onakali. Quelle nostalgie !

Deux jours auparavant, Jodsna était revenue de la ville après avoir acheté "Trikakarayappan" et "thumbachedi (deux choses nécessaires aux rituels)". Son mari est toujours très occupé. Il n'a de temps pour rien. La veille de l'onam, alors qu'il faisait nuit, Jodsna a décoré le porche de la voiture avec des articles prêts à l'emploi pour accueillir Onathappan comme le veut le rituel.

Les enfants regardaient la télévision. Lorsqu'ils ont vu la scène de Vamana donnant un coup de pied à Mahabali sur la tête à l'écran, les enfants se sont interrogés les uns les autres.

N'est-ce pas absurde ? Le fils aîné est surpris.

Heureusement, nous ne vivions pas à cette époque. La sœur cadette a dit.

En entendant cela, Jodsna a dit "ce n'est pas comme ça, les enfants" et a commencé à leur raconter l'histoire, mais ils l'ont ignorée et ont continué à regarder la télévision.

Elle voulait dire à ses enfants que Vamana Murthy, qui avait béni Mahabali en l'envoyant à Suthalam (un endroit plus grand que le ciel), était né le jour du mois du Lion et que personne n'avait piétiné Mahabali. Mais ils n'avaient aucune envie de l'entendre. La gloire de cette force influente, qui est à l'origine de l'existence de l'univers, composé de cinq thatwas (cinq éléments de l'univers), est proclamée par de nombreux récits dans les Vedas et les Upanishads. L'une de ces histoires est celle de Vamanamoorthi et Mahabali. Nous adorons cette magnificence de l'influence sous différentes formes et avec différentes imaginations. Bien que nous puissions y voir l'esprit de Dieu, nous savons qu'ils ne sont pas Dieu. Quelle noble conception de Dieu ! Jodsna est encore plus surprise et excitée lorsqu'elle y réfléchit.

Quoi qu'il en soit, Jodsna a commencé à prendre conscience que si l'on comprend la culture et les pratiques de notre pays et que l'on construit une vie en fonction de celles-ci, en plus des études académiques, les enfants auront de l'humilité, de la simplicité, de l'amour, de la compréhension mutuelle, etc. Elle a également été convaincue d'y prêter plus d'attention en premier lieu. Ce n'est qu'après cela que nous devons penser à l'enseignement supérieur, comme le cours professionnel. Les enfants doivent être surveillés et laissés libres de suivre leur propre voie. Son mari est également d'accord avec la pensée de Jodsna. Il a ajouté,

"Si vous avez de l'argent en main, c'est un bon moyen d'avoir l'esprit tranquille en achetant un petit lopin de terre d'une beauté naturelle et de commencer à cultiver un beau jardin au lieu de le donner à des vendeurs de produits éducatifs.

Le jour du Thiruvonam, tout le monde s'est levé tôt. Même si les enfants n'étaient pas très intéressés, lorsqu'ils ont pris un bain et mis leurs nouveaux vêtements, ils étaient également très excités. Lorsqu'elle a accueilli Onathappan avec joie, en compagnie de son mari et de ses enfants, son bonheur était indescriptible. Elle s'est alors souvenue de ses souvenirs et s'est réjouie de cette occasion avec eux.

"Après l'Onasadya (le festin), nous irons chez le père, vous êtes tous prêts ? leur demande son mari.

En entendant cela, tout le monde s'est à nouveau mis à fêter l'événement. Ils ont tous pris leur petit-déjeuner dans la joie, avec des puratti (en-cas) supérieurs et sarkara achetés au magasin, et des poovada préparés par eux-mêmes. Puis ils se sont précipités dans la cuisine pour préparer le festin de l'onam. festin.

Un examen de fin d'année.

Sachin est assis sous le porche et attend que son fils revienne après son examen de fin d'année. Lorsqu'il commença à s'assoupir sous l'effet du soleil de l'après-midi, il se replongea dans ses souvenirs d'enfance.

L'examen de fin d'année est terminé. Il n'est plus nécessaire d'écouter les réprimandes de qui que ce soit, de se faire battre par le professeur, de faire ses devoirs. Quel plaisir, wow ! L'esprit de Sachin s'est mis à sauter de joie. Dès qu'il est rentré de l'école, il a jeté le livre sur la table. À ce moment-là, sa mère est arrivée avec du thé.

"Comment s'est passé l'examen ? demande sa mère.

"Il n'y avait pas de problème, maintenant c'est la paix. Je dois jouer pendant quelques jours". dit Sachin avec enthousiasme. Tout en buvant du thé, il répond aux questions de sa mère. Ensuite, il a sauté dans la cour.

Il se rendit d'abord au pied du manguier qui avait poussé et dont les branches s'étendaient à perte de vue. Il jeta des pierres sur le manguier et obtint trois mangues non mûres qu'il mangea en les mordant avec les dents. Lorsque sa sœur s'approcha, il lui en donna une aussi.

Il y a un grand terrain de jeu au nord de sa maison. Lorsque l'école est fermée, tous les enfants viennent y jouer. De nombreux amis viennent y jouer tous les jours. Entendant le bruit des plans pour jouer quelque peu là-bas, il s'y rendit.

"Nous vous cherchions. Allez, on va jouer au cricket". Quelqu'un le lui a dit à voix haute.

Entre-temps, quelqu'un lui a pris la mangue des mains. Jayan, le fils de Januchechi, est l'aîné de ce groupe. Il est le leader qui joue généralement le jeu. En raison de ses qualités de leader, par exemple, son opinion sera généralement approuvée par tous. Il a joué avec eux jusqu'à la tombée de la nuit. Il y avait beaucoup de querelles, de combats et de bruit. Après la fin du match, tout le monde a commencé à rentrer chez soi. Malgré le crépuscule, personne dans la maison ne dit rien à Sachin.

La mère a crié de la cuisine : "Mettez la lampe, allez vous baigner et chantez Dieu".

Après avoir pris un petit bain, il a psalmodié quelques prières. Puis il a commencé à penser à Mayavi, Kuttusan, Luttapy, etc. qu'il avait oubliés depuis quelques jours car sa mère avait caché ces livres à cause de son examen. Il a donc pris ses magazines pour enfants, Balarama et Poompata, etc., et s'est joint à sa jeune sœur qui lisait là. Son examen vient de se terminer. Maintenant, je dois lire toutes les fables, les histoires de Mulla et les histoires d'Esope. Il a trouvé des livres et a lu jusqu'à ce qu'il s'endorme. Au bout de quelques jours, il s'est endormi profondément.

Le lendemain matin, un bouquet de konna jaunes fleurit dans la cour orientale, telle une épouse divine comblée et parée d'ornements dorés, annonçant l'arrivée de Vishu. Lorsqu'il s'est levé le matin et s'est assis sur le mur du porche, il a soudain porté son attention sur cet arbre.

"Maman, est-ce que Vishu est dans les parages ?"

"Ce n'est pas Vishu la semaine prochaine, tu ne sais pas ?" Réponse de la mère.

Oui, il ne le savait pas. Son frère et sa sœur n'ont jamais échoué dans aucune classe. Il ne voulait pas non plus connaître d'échec. Il a donc étudié avec acharnement sans s'occuper d'autre chose. Dès qu'il entendit que c'était Vishu, il se leva, prit les pièces qu'il avait gardées sur la table et les compta. Après l'avoir pris, il est sorti et a appelé Sasi.

"Viens Sasi, allons au magasin du nord acheter des biscuits".

Sasi, qui étudie dans une classe inférieure à la sienne, accepte tout ce qu'il dit. Il n'y a pas non plus de problème à son domicile. Tous deux sont allés au magasin du nord et ont acheté un petit paquet de crackers ; ils les ont éclatés, les ont mis dans leur aire de jeux et se sont amusés.

Son père est venu avec un paquet de pétards la veille de Vishu. C'était un homme courageux qui avait l'habitude d'allumer des pétards en les tenant dans sa main et de les jeter au loin pour qu'ils éclatent. Le soir, dès que la lampe était allumée, le paquet de biscuits était déballé.

"Dites à tous les gens de l'intérieur de venir. Ordre du père.

Son père n'allume pas les feux d'artifice sans que ma mère ne sorte de la cuisine, où elle est toujours occupée à préparer le Vishusadya (fête), etc. En entendant l'ordre du père, tous ceux qui se trouvaient à l'intérieur sont venus sur le seuil. Les enfants du quartier y venaient aussi en courant. Pendant une demi-heure, tout le monde s'est amusé à allumer des pétards, etc. Sa mère allumait également du poothiri.

"Les enfants, regardez le visage de votre mère lorsqu'elle allume le poothiri. Le père se moque de la mère. A droite, le visage radieux d'autrefois resplendit à nouveau dans la lumière du poothiri. Son père a apprécié !

La mère se couche toujours après avoir préparé le vishukani (ce qui est vu en premier le jour de Vishu) la veille. Avant le crépuscule, elle avait déjà cueilli un bon concombre kani dans la cour sud.

Tous ses amis, sous la supervision du chef Jayan, ont préparé un plan pour montrer Vishukani tôt le matin dans toutes les maisons. Ils sont tous très enthousiastes. Sachin voulait également se joindre à eux. Mais son père ne veut pas le laisser partir. Il s'est couché avec ennui. Et s'est endormi brusquement. L'aube allait se lever.

Kanikanum neram kamalanethrante

kanakakingini ....' (chanson liée au Seigneur Krishna))

Ses amis ont apporté le kani et l'ont placé sur leur véranda. Puis ils se sont éloignés en chantant "kanikanum neram........". Il s'est levé d'un bond pour écouter la chanson. Sur une chaise décorée se trouve une photo d'Unni Kannan et une lampe a été allumée. Il a vu des concombres, des kasavu mundu et des pièces de monnaie dans une assiette. Comme sa mère le lui avait dit, il croisa les mains et pria pour que tout le monde ait toutes les vertus au cours de la nouvelle année. Son père met dix roupies dans l'assiette. Lorsqu'il regarde autour de lui, il y a beaucoup d'amis. C'est Jayan qui portait le vishukani. Il les accompagna jusqu'à la porte de la maison et revint à contrecœur. Vishukani avait déjà été montré par sa mère dans le Brahma muhoortham lui-même en les réveillant en cachant leurs yeux. Ensuite, les autres pétards ont également éclaté sous la direction du frère aîné.

"Tout le monde va prendre un bain. Après cela, le Vishukaineetam (le premier argent donné aux enfants par les aînés le jour de Vishu) sera donné à chacun d'entre vous", a dit la mère.

Lorsqu'ils arrivèrent après s'être baignés dans le grand étang du côté sud, leur père s'était déjà assis sur le fauteuil du côté avant.

"Tout le monde vient ici.

Lorsqu'ils entendirent la voix du Père, ils s'approchèrent de lui. Chacun d'entre eux s'est vu remettre une pièce d'une roupie ainsi qu'un billet de 10 roupies......'

Sachin rêvait en dormant en attendant que son fils Rahul sorte de l'école. Maintenant, il se réveille de son rêve. Soudain, il a ressenti un sentiment de perte. Que son père et sa mère ne sont pas avec lui aujourd'hui. Les trois frères et sœurs sont également décédés. Il s'est senti déçu.

Si je pouvais célébrer une fois de plus l'équinoxe avec eux et leurs amis en jouant, en m'amusant, en faisant éclater des pétards, etc. Des larmes coulent de ses yeux sans qu'il s'en rende compte.

Le temps ne reviendra pas en arrière. il s'est calmé au bout d'un moment.

À ce moment-là, il entend le bruit du bus scolaire. C'est le dernier jour de son examen de fin d'année. Tous les examens de son fils sont terminés aujourd'hui. Dès que Rahul est entré dans la maison, il a demandé à Sachin.

"Papa, mon examen est terminé, tu vas me gronder si je joue à un jeu vidéo maintenant ? Je suis très heureux maintenant".

"Il n'y a rien de mal à jouer un jeu. Vous devez également veiller à bien étudier". Il a répondu par l'affirmative parce qu'aujourd'hui, les médias sociaux ne peuvent plus être ignorés dans notre vie quotidienne. Il reprend,

"L'examen est terminé. Vishu arrive. Papa pense que nous devrions aller dans la maison du grand-père cette année et célébrer avec la famille de Cheriyacha. Qu'en dites-vous ?" Sachin leur a fait part de son désir et de son amour.

"On ne va pas s'ennuyer, père ?" Son fils n'est pas intéressé après avoir entendu cela

En apprenant l'arrivée de Rahul à l'école, sa femme s'est levée de sa sieste de l'après-midi et a entendu leur conversation. Elle a ajouté,

"Il n'y a pas de problème pour partir. Nous devrions partir la veille et revenir le jour même. Il y a de bons programmes à la télévision, mais nous risquons de les manquer, pourquoi vous sentez-vous comme ça, cette année ?" Sa femme a exprimé sa surprise.

"Oh, rien. J'en avais juste envie, peu importe. Nous pouvons y aller et revenir la veille".

Lorsqu'il entend les paroles de sa femme, il doute que la famille de son frère puisse penser de la même manière. Le temps a passé et le passé est passé. Bien qu'il soit difficile d'accepter le changement de temps, il est inévitable. Il s'est calmé en pensant que cette vision numérique dans cet appartement était suffisante, et a demandé à son fils les détails de l'examen. Puis il est entré avec eux pour boire du thé.

....

Un voyage à Bangalore.

Je voyageais avec ma fille dans le train pour Bangalore. Il n'y a pas eu d'autre problème car j'avais réservé le siège à l'avance. Il y avait des gens sur tous les sièges. J'ai gardé mes sacs sous le siège et sur la couchette et j'ai soupiré. Le train qui devait arriver à cinq heures est arrivé avec deux heures de retard.

"La ponctualité est nécessaire non seulement pour les chemins de fer, mais aussi pour chacun d'entre nous. J'en avais assez d'attendre sur le quai. En tout cas, il n'y a pas de problème majeur pour ma fille. Elle était assise sur le siège latéral et regardait son téléphone portable. Ainsi, le train a gémi et sifflé et a atteint la gare suivante. De là, de nombreuses personnes sont montées avec des ballots et des bagages. Une femme est venue s'asseoir sur le siège d'en face. Un visage familier en elle. Au bout d'un moment, ils m'ont regardé et m'ont demandé.

"Vous me connaissez ? Vous me comprenez ?"

Je la connais et je l'ai déjà vue. Mais je ne me souviens pas de son nom. Je lui ai alors demandé,

"Êtes-vous la fille de ce frère qui tenait un magasin de rations à Alumparambu, j'ai oublié son nom ?

"Oui, je m'appelle Jolly et mon père est Joseph. Où allez-vous ?"

"Nous allons nous occuper d'une affaire d'études pour ma fille."

Nous avons donc appris à nous connaître. Nous étions camarades de classe. Elle avait étudié dans la même école que moi. Elle est aujourd'hui professeur de danse. C'était très agréable de la rencontrer. Les personnes âgées éprouvent un grand plaisir à revoir les personnes qui les ont accompagnées dans leur jeunesse. Ce bonheur est indescriptible.

"Vous connaissez une de mes amies, l'actrice Santini ? Elle est allongée à l'hôpital sans se sentir bien, j'y vais. Elle est soignée dans un hôpital ayurvédique".

Je connais l'actrice Shantini et je l'ai vue dans sa jeunesse. Elle a joué dans des pièces de théâtre à ses débuts. À l'époque, son mariage n'était pas encore terminé. J'ai vu son père et sa mère l'accompagner lorsqu'ils allaient jouer. Ils avaient l'habitude de passer devant notre maison, elle était connue sous le nom de "Kaitaram Shantini" à l'époque. Elle a ensuite joué dans des films et est devenue célèbre. On peut dire que la vie familiale a failli s'effondrer lorsqu'elle est tombée amoureuse de quelqu'un qui jouait la comédie avec elle. Plus tard, ils se sont séparés et ont vécu seuls, mais elle a eu de nombreuses occasions de jouer dans des films.

Le temps a passé et, par la suite, je n'ai pas su grand-chose d'eux, si ce n'est que je les ai vus de temps en temps dans des films.

"Qu'est-ce qu'il y a avec elle ? Joue-t-elle dans des films et gagne-t-elle beaucoup d'argent ?" ai-je demandé.

"Qui a dit qu'elle avait de l'argent ? Combien elle a lutté pour marier sa fille. Elle a même emprunté à ses partenaires. Plus tard, elle n'a pas pu agir davantage".

Puis j'ai été surpris. J'ai demandé : "Depuis le jour où je l'ai vue, elle jouait dans des pièces de théâtre, mais elle n'avait rien gagné ? Elle n'a rien gagné alors qu'elle fait du théâtre et du cinéma depuis longtemps ?"

"Si elle avait eu des économies, aurait-elle pris un prêt ? a répondu Jolly.

Bien que j'aie joué dans des films pendant de nombreuses années, j'ai eu beau réfléchir, je n'ai pas réussi à comprendre quel était le problème de sa pauvreté. Elle a même été l'actrice principale de certains films

"Les femmes sont sous-payées. En particulier pour les actrices du second rôle".

"Mais il n'y a que des hommes dans le film. Je me suis sentie en colère.

Ma fille, qui écoutait notre conversation, n'a pas aimé mon discours. Elle s'est approchée de moi et m'a dit.

"Maman, tais-toi. Ne dites rien d'inutile. D'autres écoutent. Nous ne connaissons pas l'histoire de l'industrie cinématographique. Pourquoi devrions-nous parler de choses que nous ne connaissons pas ?".

Puis j'ai grondé ma fille.

"Nous sommes de vieux amis d'école, nous connaissons cette actrice. C'est pourquoi nous en parlons. Nous n'avons pas besoin de connaître son histoire, elle a consacré sa vie à l'art. Enfin, elle n'a plus personne pour s'occuper d'elle et a contracté de nombreux emprunts. C'est pourquoi je l'ai dit. Il n'y a rien si ce n'est ce qui s'est passé en arrière-plan".

Entendant la conversation entre nous, Jolly rit et parle.

"Mes enfants n'aiment pas non plus parler à quelqu'un comme ça. J'ai également ri et j'ai continué à voix basse,

"Tous les acteurs ne devraient-ils pas être récompensés de la même manière ? S'il n'y a qu'un héros, il n'y aura pas de film. Vous n'avez pas besoin d'autres acteurs et actrices ? Certaines personnes sont capables et agissent avec beaucoup d'intérêt. Il est convenu. Mais ce sont les cinéastes eux-mêmes qui doivent faire les efforts nécessaires pour que leur film soit un succès et qu'il leur permette d'obtenir d'énormes récompenses".

Ainsi, alors que nous parlions à voix basse de Santini en craignant ma fille, quelqu'un qui se trouvait à proximité a dit,

"Toute personne intéressée peut agir s'il n'y a pas de honte à le faire. Un sens moral et une honte inutiles empêchent les personnes talentueuses de s'engager dans cette voie".

J'ai pensé que c'était peut-être correct. Autrefois, nous pensions qu'il n'y avait que très peu de chanteurs dans notre pays. Aujourd'hui, alors que tous ont cette chance, nous nous souvenons de l'évangile selon lequel "le plus grand vient derrière, ne l'arrêtez pas".

J'ai ensuite demandé si elle recevait de l'aide de la part des réalisateurs.

"On entend dire que leur organisation offre un petit cadeau. Elle a ajouté.

Malheureusement, certaines personnes qui ont joué pendant cinq ou dix ans gagnent beaucoup d'argent et font même du bénévolat avec leurs revenus excédentaires. Elle peut également bénéficier d'une certaine forme de générosité de leur part.

"Le grand écart entre l'acteur principal et les autres ne devrait-il pas être comblé ? Le secteur lui-même devrait y réfléchir. Si le scénario, la réalisation et le maquillage sont bons, le film sera un succès. S'il y a un bon acteur, ce sera un peu mieux. Pourquoi ces acteurs principaux ne jouent-ils pas dans de mauvais films ? alors leur public les quittera. Leur succès dépend de la qualité du film.

J'ai révélé les disparités qui prévalent dans le secteur, telles que je les comprends. L'industrie elle-même en fait des célébrités pour sa promotion. Comme Jolly est professeur de danse, elles sont très amies. C'est pourquoi elle souhaite discuter de toutes ces questions.

"Si le film est bon dans son ensemble, tout le mérite en reviendra aux acteurs, en particulier à l'acteur principal. Ce sont eux que les citoyens voient directement. Les pauvres téléspectateurs ne connaissent pas ceux qui ont travaillé dans les coulisses".

"Cela signifie que les héros ont une bonne étoile ?

"Oui, c'est la même chose. Les acteurs principaux gagnent de l'argent grâce à l'ignorance du public. Les auteurs créatifs voient aussi la lumière à travers eux. N'est-ce pas ?

"Ne serait-ce pas la raison pour laquelle on parle d'un état éclairé ? Je leur ai répondu avec ironie. Puis il a poursuivi,

"Laissez tomber, comment va-t-elle maintenant ?"

". Maintenant que ça continue comme ça, il faudra beaucoup de temps pour que ça s'améliore. Elle devra finalement vendre la maison pour s'en sortir."

Lorsque j'ai entendu cela, je me suis sentie très triste. J'ai parlé.

"Il faut mettre fin à cette disparité dans l'industrie cinématographique. Il devrait y avoir une limite à la rémunération des héros et des covedettes. Tout le monde fait le même travail. Comme le patron dans un bureau, il n'y a pas de responsabilité pour le travail des collègues".

Au moment où notre discussion s'intensifie, le train arrive à Palakkad.

Lorsque son amie lui a pris la main avec enthousiasme et lui a dit au revoir, sa fille a filmé la scène avec son téléphone portable. Puis ils ont pris leurs sacs et sont descendus à la gare. À ce moment-là, le garçon de thé du train est arrivé avec du thé. Nous avons chacun acheté du thé et l'avons bu. La procession de ces garçons de thé se produit lorsqu'il n'y a plus de place pour se tenir debout dans le compartiment général. J'ai souvent pensé qu'il n'était pas suffisant de les laisser entrer au moins entre un intervalle d'une demi-heure. Si l'on voit certaines personnes, on a l'impression qu'elles montent dans le train uniquement pour manger.

Plusieurs passagers embarquaient en provenance de Palakkad. Une autre personne s'est glissée dans son siège. Si nous la connaissons, nous pourrons comprendre beaucoup d'autres histoires. Le train s'est mis en marche lentement.

....

Un bavardage.

"Santhamma a demandé à ma mère depuis la cour de la cuisine : "Ne saviez-vous pas que le mariage de la fille de notre Balan est fixé ?

Ma mère et cette Santhamma sont amies depuis des années. Shankunni, le mari de Santhamma, ne va pas travailler régulièrement. Ils gagnaient leur vie en élevant des vaches et d'autres choses. Lorsqu'ils sont devenus vieux, ils ont cessé d'élever des vaches après avoir marié leurs deux filles. Cependant, elle avait l'habitude de parler à ma mère de toutes les nouvelles. Ma mère Leela était également très impatiente d'entendre ce que Santhamma avait à dire.

"Oh, bien sûr. Combien il s'est battu pour vivre. Aujourd'hui, il commence à s'échapper. Il était dans le Golfe depuis longtemps, n'est-ce pas ?

"C'est vrai, Santhamma a secoué la tête. La mère a poursuivi.

"Les deux filles sont agréables à regarder. Ils ont un bon caractère et une bonne éducation. Tout le monde les aimera. Je savais que c'était ce qu'ils prévoyaient. Quoi qu'il en soit, c'est une bonne chose. Où vont-ils marier leur enfant ?"

La mère est anxieuse. Le visage s'étend comme une fleur.

"Il semblerait que le jeune homme travaille dans le secteur des technologies de l'information. Sa fille a obtenu un MBA".

Santhamma lui racontait tous les détails qu'elle connaissait. Malgré son âge, ma mère et elle n'ont pas de problèmes de santé majeurs. Je me suis soudain souvenue de la scène où un jour Santhamma est venue lui parler des affaires de mariage de Baletan, alors que j'étais en 4ème classe à l'école ou quelque chose comme ça.

Un après-midi, la mère était assise contre le mur de la véranda du côté ouest de la maison et se reposait. Elle a toujours un sourire sur le visage, qui n'est caché que lorsqu'elle dort. Ce qui la rend chère à tous, c'est le sourire qu'elle affiche sur son visage. A ce moment-là, Santhamma est venu attacher la chèvre dans le champ. Elle est jeune.

Elle vient ici pendant son temps libre pour discuter avec ma mère de temps en temps. Elle s'est assise sur la véranda, mettant ses jambes dans la cour avec sa mère.

"Balan, le fils de notre Janakichechi, est revenu du Golfe. On dit qu'il est à la recherche d'une jeune fille à épouser". La mère était également impatiente de connaître l'histoire d'aujourd'hui.

Santhamma a beaucoup de poulets et de chèvres, et son travail consiste à les élever. Elle allait ici et là dans les champs avec ses chèvres pour les nourrir. Elle ne laissera personne dans son champ de vision sans rien dire. Tout en nourrissant les chèvres, elle prend dans ses bras tous les passants et leur parle. La tâche de transmettre toutes les informations qu'elle a reçues à ma mère sans laisser de traces s'est poursuivie sans aucun ordre particulier de qui que ce soit. Ma mère avait beaucoup d'affection pour ses moutons et avait l'habitude de prendre et de garder des épluchures de fruits, etc. pour leur donner. Santhamma était assez grosse et grande, avec des cheveux noirs et bouclés. L'extrémité de la partie avant de son chemisier était toujours ouverte sans qu'une épingle à nourrice ne soit utilisée à cet endroit.

"Qu'est-ce qu'il y a ? Il n'y a pas deux filles ? Pourquoi essaient-elles de le marier avant elles ?", s'inquiète la mère.

"Ils veulent le voir se marier. Ils disent : "Les filles ont bien étudié, qu'elles trouvent un emploi". Que pouvons-nous dire ? C'est exact. Laissez les filles trouver leurs moyens de subsistance pour vivre selon leur propre volonté. Les voisins disent que Januchechi est maintenant très fier de son arrivée".

Entre-temps, Mère lui a tendu le pot de bétel. Après avoir mâché le bétel et parlé pendant un moment, elle est partie. Santhamma doit venir chez ma mère pour passer son temps libre dans la joie.

Cela fait deux ans que Balan s'est rendu dans le Golfe. Bien qu'il ait passé son baccalauréat, son père étant décédé, il a dû interrompre ses études et travailler dans l'atelier de son oncle. C'était l'époque où les gens du peuple commençaient à gagner de l'argent en se rendant en Perse. C'est ainsi que Balan a commencé à ressentir la convoitise du Golfe. Il a dit un jour à sa mère.

"Maman, il n'y a aucun intérêt à aller dans ce magasin et à travailler. Il n'y a aucune chance d'obtenir un emploi dans le secteur public à l'heure actuelle. J'envisage d'aller en Perse... dois-je y aller ? Comment vais-je gagner de l'argent ?

Si nous allons à La Mecque, nous aurons une poignée d'or, mais nous devons aller à La Mecque", tel était son sentiment intérieur. Cependant, elle a apporté tout son soutien à son fils.

"Alors, si vous avez un tel destin, je ne peux pas vous en empêcher. Allez voir le Gulfkaran (surnom d'un Pravasi) que vous avez mentionné et demandez-lui s'il peut s'occuper de l'obtention d'un visa".

Ainsi, cette mère et son fils ont également fait la connaissance d'un agent par l'intermédiaire du Gulfkaran. Il s'agissait d'une fraude. Sans s'en rendre compte, ils ont emprunté tout l'argent nécessaire pour aller dans le Golfe et se sont rendus à Bombay.

"Janakichechi a envoyé son fils en Perse en servant dans la maison de ce Gulfkaran."

Lorsque Santhamma est venue chercher de l'eau pour le porridge des chèvres, elle l'a dit secrètement à sa mère. La mère de Baletan l'avait déjà dit à ma mère et connaissait tous les détails. La conversation n'a donc pas duré longtemps. Balan se rendit bientôt dans le Golfe. Santhamma est un visiteur régulier de la maison des Baleton, ainsi que d'ici.

"J'ai dit à Janakichechi que, comme notre Devassi, elle devrait essayer de démolir la maison, de la reconstruire et d'organiser des mariages pour ses enfants.

Elle se vante d'avoir appris à Janakichechi à dépenser de l'argent. C'est à cause de ces discussions inutiles qu'il n'a pas pu gagner beaucoup d'argent. Ce pauvre homme a erré à Bombay pendant environ un mois. Il a ensuite suivi le Gulfkaran et y est parvenu d'une manière ou d'une autre.

Il s'est rendu dans le Golfe en rêvant d'un salaire élevé et d'un bon niveau de vie. Mais il a dû rejoindre une petite entreprise au sommet d'une montagne avec un faible salaire. Malheureusement, il devait aussi travailler sous la chaleur du soleil. Il a ensuite blâmé la décision de s'y rendre. Cependant, il y a eu un certain soulagement. De toute façon, il n'avait pas besoin de revenir de Bombay. C'est là que commence sa misérable vie d'expatrié.

    Il enverra de l'argent tous les mois. Cela suffira pour payer la dette et les dépenses quotidiennes. Maman avait l'habitude d'attendre l'arrivée du facteur pour recevoir une lettre. S'il s'agit d'une lettre recommandée, le facteur sera très heureux. Il sait qu'il s'agit d'un chèque. Dans son bonheur, elle donnera quelque chose au facteur. C'est ainsi qu'il a accompli deux années. Santhamma lui annonce son retour en s'asseyant avec elle dans la véranda.

    Il a emprunté de l'or et de l'argent à l'un de ses amis. Lorsqu'elle écrit une lettre à son fils, elle lui rappelle toujours son mariage. C'est ainsi qu'un jour, une voiture est passée devant sa maison et qu'il en est sorti avec un bagage de vêtements, du matériel de maquillage, un magnétophone, etc. Ma mère a été la première à le voir.

"Balan est venu mettre deux boîtes attachées sur le toit de la voiture", dit la mère à tout le monde dans la maison.

    Le lendemain, lorsque Santhamma est allée le voir, on lui a donné un savon étranger. Elle a également entendu les détails du golfe. Ensuite, c'était comme un festival. Celui qui y entrait ouvrait et montrait la boîte qu'il avait apportée. Les deux filles ont commencé à se rendre au temple en portant des saris étrangers. Des chansons en hindi sortaient du magnétophone. Janakichechi était toujours occupé. Entre-temps, la recherche d'une fille a également commencé.

    Tout le monde se met à regarder Balan avec beaucoup d'admiration. Parce que le Golfe est devenu un endroit où tout le monde gagne de l'argent, en particulier les travailleurs non qualifiés. Le fils d'Eusep, Devassi, qui était au chômage, sans éducation et sans argent, s'est rendu dans le Golfe pour gagner de l'argent en tant que tailleur de pierre. Il pouvait gagner beaucoup d'argent et a marié sa sœur Annie à un homme riche. Il a démoli sa vieille maison de deux pièces et a construit une grande maison. Après un certain temps, il a acheté le terrain autour de la maison et l'a ajouté à la maison. Il a également épousé une belle jeune fille. Si le Golfe est un endroit où l'on peut gagner de l'argent, il faut aussi avoir de la chance. Tous ceux qui se rendent dans le Golfe n'ont pas la même chance.

Même si Balan n'avait pas beaucoup d'économies, il ne manquait pas de fierté. Son oncle lui propose d'épouser la fille d'un homme riche. Même s'il n'avait pas d'argent, il était beau et gentil, et les gens l'aimaient beaucoup. Ce mariage a donc été réalisé avec de l'argent emprunté. Après son mariage, il est retourné dans le Golfe.

Plus tard, il s'agissait d'un "mariage de papier" qui a duré environ un an. Les téléphones étaient très rares à l'époque. Au début, des gens comme Balan étaient partis et avaient creusé le fossé que l'on voit aujourd'hui. La génération d'aujourd'hui s'y rend et en fait l'expérience.

Ainsi, tout en continuant à exercer cet emploi, il s'est rendu compte que le salaire qu'il percevait n'était rien et il a pris un emploi à son compte sans autorisation. Ce faisant, la police l'a attrapé et on dit qu'il est rentré chez lui avec sa chance. Quelqu'un qui était avec lui dans le Golfe a raconté cette information sur place. Santhamma l'a dit secrètement à ma mère et s'est interrogée sur la perte de son travail.

"Leeledathi, même si un chat rentre à la maison, il aura de la chance, n'est-ce pas ? La mère est devenue indifférente sans donner de réponse.

Après cela, la vie de ses frères et sœurs a changé du tout au tout. Si nous perdons quelque chose à l'extérieur, ne réagissons-nous pas avec notre mère à la maison ? Balan s'est alors isolé de la famille et a commencé à vivre en s'occupant uniquement de ses affaires. Il a hésité à reprendre son ancien travail et a essayé de nombreux autres emplois. Entre-temps, deux filles sont également nées. Grâce à la chance de ces enfants, il a obtenu un petit emploi permanent de la Commission de la fonction publique, ce qui lui a permis de soulager ses souffrances. Il a bien enseigné à ses enfants. Aujourd'hui, l'aîné fait l'objet d'une demande en mariage.

Lorsque l'amour et les soins de Balan ont commencé à se perdre, la vie de sa mère et de ses frères et sœurs est devenue misérable et a pris une autre direction. C'est devenu une autre histoire,

Santhamma est toujours dans la cour.

"Ne restez pas là et entrez". La mère l'invite à s'asseoir.

"Qu'est-ce qui est donné à la fille en guise de dot ? Mère était pressée de le savoir.

"Ils n'ont rien demandé. J'ai entendu dire qu'il y avait 30 Pawans dans leur main. Bien qu'il soit en retard, il a obtenu un emploi au gouvernement et s'est échappé. Mais la vie est très difficile pour les autres enfants et pour Janakichechi maintenant".

"Ne t'en va pas, prenons un verre de thé." La mère insiste encore. Elle a accepté et est montée sur la véranda.

....

Une complaisance différente.

Ramettan marche lentement le long de la rizière qui se termine par un sentier. Si nous marchons un peu le long de ce chemin, nous atteindrons une grande maison. Dès qu'il y est arrivé en marchant, il a commencé à s'exciter, il a étiré ses jambes et a marché rapidement. Marchant sur les pavés, il atteint la porte de cette grande maison. Il était très heureux d'y arriver. C'est la maison de sa jeune sœur Vimala. Il n'y a personne sous le porche. L'atmosphère y est un peu vide. Sur une natte, du paddy sèche dans la cour. Il a appuyé son doigt sur la facture d'appel.

Bien qu'il s'agisse de la maison de sa sœur, il n'y était pas venu depuis longtemps. Il est venu inviter son fils à se marier. C'est un jour férié, il est donc venu aujourd'hui en pensant que tout le monde serait à la maison. Comme sa sœur et son mari sont employés, il n'y verra personne en semaine. Les deux enfants iront étudier.

"Ah, Rametta, viens t'asseoir. Vishwam, le mari de Vimala, ouvre la porte et l'invite avec amour. Ramanadhan est son beau-frère et il semble qu'il s'attendait à une telle arrivée. Il prit de l'eau dans le kindi (pot) placé sur le porche, se lava les pieds et entra à l'intérieur.

"Tu es fatigué de marcher ?" Dès que Vimala l'a vu, elle s'est enquise de son état de santé. Elle était très heureuse de le voir.

"En marchant le long du champ avec une brise agréable, je ne me suis pas sentie fatiguée. Il a pris la parole.

Puis Vimala est allée à la cuisine et est revenue avec du thé. En même temps, ses deux enfants se sont approchés et ont commencé à parler. Ils étaient ravis de voir leur oncle. Alors qu'ils discutent des affaires familiales et des détails du mariage, Vimala se lève et se rend à la cuisine. Elle a apporté une grosse mangue qu'elle a coupée en morceaux. Il était très sucré et gros comme une noix de coco et ils ont tous apprécié sa douceur.

"Il n'était pas nécessaire de venir ici pour nous inviter, même si vous n'étiez pas venus, nous aurions été là.

En entendant ces paroles de Viswam, il s'est dit : "Si je ne le dis pas maintenant, sa réaction pourrait être différente". Quoi qu'il en soit, il a répondu,

"Oh, ça n'a pas d'importance".

Après avoir pris le thé et invité, Rametan est descendue dans la cour et a regardé sa maison et ses environs. Il y a vu un jardin de noix d'arec, le grenier à foin, l'étable, etc. Vishwam et ses enfants l'ont également rejoint. Différentes sortes de légumes comme le tapioca, la banane, le manguier, le jacquier et le gombo ont rendu tout le champ vert. Une maison cossue avec une certaine ancienneté. Tout cela est le fruit des efforts de ses ancêtres. Mais ne ressentez-vous pas un vide quelque part ? C'est la satisfaction et la joie d'une femme qui devient la lumière d'un foyer", se dit-il. Lorsqu'il s'est levé pour partir après s'être reposé, Vimala lui a dit.

"Allons-y demain, mon frère, ça fait un moment qu'on n'est plus là, n'est-ce pas ?" Vishwam l'a également soutenue.

En entendant cela, Ramettan réfléchit un moment : "De toute façon, je ne suis venu ici qu'après un long moment. Je suis maintenant fatiguée de me rendre dans de nombreuses maisons. Il est donc préférable de rester ici aujourd'hui. Puis il a dit,

"Il y a d'autres endroits où je dois aller. Mais si c'est ce que vous souhaitez, qu'il en soit ainsi".

Lorsque Vimala entendit cela, elle devint très enthousiaste. C'est son frère aîné qui est chargé de la protéger. Mais elle a un mari qui ne lui donne pas, à elle et à ses enfants, la possibilité d'obtenir cette protection et cet amour de leur part.

Heureuse de la présence de son frère aîné, elle s'est empressée de lui changer sa robe et de préparer le lit pour qu'il puisse se reposer. Lorsque toutes les tâches ménagères sont terminées, elle vient seule et lui demande des nouvelles de sa mère et des détails de la maison. Plus tard, elle a commencé à exprimer ses plaintes et ses frustrations. Il écoutait tout avec indifférence car il savait déjà tout sur lui. Viswam est toujours ainsi et n'a pas changé. Personne ne lui parlera de ses plaintes. Il n'est pas nécessaire de parler.

C'est le soir. Ensuite, tout le monde est resté assis à regarder la télévision et à parler des choses locales pendant un certain temps. Vishwam a surtout parlé de la difficulté de l'agriculture. Entre-temps, il a également mentionné la désobéissance de Vimala. Ramettan ne fait pas semblant de l'entendre. Bientôt, tout le monde a dîné et s'est rendu à son domicile respectif pour dormir. A ce moment-là, Ramettan et Vishwam étaient assis sur ce canapé depuis un moment et ont commencé à parler de leurs vieilles affaires.

Au bout d'un moment, Vishwam se lève et se rend à la cuisine. Il est alors resté assis seul pendant un certain temps, observant et écoutant leur vie. Puis il se mit à réfléchir. Quelle était l'intelligence de sa sœur Vimala ? Elle était surtout active dans le domaine des activités sociales et culturelles. Elle a fait de bonnes études et a obtenu un emploi, mais le problème, c'est que le partenaire qu'elle a trouvé est une personne sans aucune vertu. Il n'aime que ses biens et n'a que ses goûts et ses dégoûts dans la vie. Il se désintéresse de tout ce qui est extérieur, comme l'art, la littérature, etc. Selon lui, tous les artistes seraient affamés. Mais les deux enfants ont un bon caractère et lui obéissent. Comme ils ont grandi en voyant sa nature rigide, ils acceptent ses ordres sans hésiter.

Ainsi, en pensant à toutes ces choses, il s'est allongé sur ce canapé et a lentement sombré dans la stupeur. Pendant sa stupeur, les images de Viswam et de Vimala ont commencé à clignoter dans son esprit......

Il vérifie la cuisine. Il est 22h15. C'est toujours comme ça. Sa propre maison. Ne devrait-il pas le garder ? Et si sa femme est négligente ?

Même le ticket de bus, qu'il avait obtenu en voyageant dans le bus pendant ses études, était resté empilé sur son bureau pendant une longue période. Viswam s'y connaît en réparation électrique et sa maison est remplie d'équipements électriques inutiles. Même si quelqu'un vient les chercher, il ne les donne pas. Il garde tout ce qui est considéré comme de l'or. Il a besoin de tout. Si des mendiants se présentent, il n'hésitera pas à les chasser. Il a l'habitude de toujours fermer les fenêtres et les portes de la maison en toute sécurité.

Si nous avons de l'argent, nous pouvons vivre. Aujourd'hui, parler de "moralité" n'a rien d'extraordinaire. C'est son principe de vie et, sans le dire à haute voix, il essaie de l'enseigner aussi à ses enfants. Il a la capacité particulière de garder les enfants près de lui en tenant les membres de sa famille à distance. Vimala est tout le contraire et n'aime aucune de ses habitudes ou pratiques.

"Pourquoi ne donnez-vous pas des choses inutiles s'il y a des gens qui en ont besoin ?" Il lui a demandé une fois.

"Personne ne demandera rien ici. Même si quelqu'un vient, il ne les donnera pas. Il dira alors : "Je ne veux nourrir personne. Je n'ai pas prévu de nourrir tout le monde. S'ils n'ont rien, c'est leur destin. De quoi ai-je besoin pour cela ? Je veux profiter de ce que Dieu m'a donné. Je ne le donnerai à personne. Que puis-je faire alors ?"

Après avoir entendu sa réponse, il ne dit plus rien. Il a également un emploi avec un bon salaire mensuel, se rend au travail ponctuellement et fait face aux dépenses nécessaires avec les revenus qu'il perçoit. Il est strict dans tous les domaines. Comme son père n'a pas d'emploi, il doit s'occuper de ses parents et de ses frères et sœurs. Il est très désireux de dépenser pour la famille à l'insu de sa femme. On peut dire qu'il n'a pas de monde en dehors de sa propre maison.

"Je n'attends rien de personne, et personne n'a besoin d'attendre quoi que ce soit de moi." C'est son autre politique. Il n'aime même pas que d'autres que sa famille viennent dans cette maison, surtout ceux qui ont besoin d'une aide quelconque. C'est pourquoi les membres de sa famille ne viennent pas souvent ici.

Vimala a de la chance car elle a un travail et un revenu. Elle s'occupe principalement de toutes les dépenses du ménage. Si elle veut utiliser quelque chose selon ses préférences, elle doit l'acheter elle-même. Comme un chat qui a les yeux bandés et qui boit du lait, après avoir utilisé toutes ses économies de n'importe quelle manière, il dira sans aucune réticence : "Ai-je demandé une partie de votre argent ?

En effet, si elle lui demande de l'argent à dépenser après lui avoir donné son salaire, il le jette avec colère. Elle a donc commencé à se dépenser. Après avoir profité de toutes ses économies, il se comporte avec elle de la manière suivante : "Tu n'as rien ici, tout est à moi" ;

arrogante, elle ne peut rien lui reprocher. Sa nature est surtout exploitée par sa sœur et son mari qui le couvrent d'amour. Pauvre, ma sœur ! Comment souffre-t-elle de tout cela ? Quelle aurait été sa vie si elle n'avait eu aucun de ses revenus ?

Même s'il est comme ça à la maison, il est correct à l'extérieur. Il ne parle pas beaucoup et il est méchant quand il se met en colère. Beaucoup de gens qui le connaissent de près ont peur de lui. Quand on y pense, c'est vrai. Les paroles de ceux qui ne parlent pas ne sont-elles pas beaucoup plus puissantes ?

Ainsi, pensant à lui l'un après l'autre, alors qu'il somnolait sur le canapé, Vimala s'approcha de lui et frappa doucement. Il s'est soudain levé de sa torpeur.

Vishwam vérifie les portes et le portail à plusieurs reprises et s'endort après s'être assuré de la sécurité. Il garde tout sans raison. On n'en connaît pas la raison. Quant à Vimala, elle vit sa vie en faisant ses affaires sans y prêter attention. Il prend soin de ses "biens" et se satisfait de lui-même ! Heureusement, s'il ne satisfait pas sa femme, il est attentif à ses enfants et très satisfait de lui-même. Différentes expressions de satisfaction !

Vimala avait déjà préparé le couchage dans le salon. Un beau drap de lit. De l'eau dans une cruche pour boire. Toutes les installations sont disponibles. Il a pris un verre d'eau et a bu. Puis il s'est endormi.

Bien qu'il y ait tout, la vie est ennuyeuse parce qu'il ne sait pas comment se comporter. Qui peut conseiller Vishwam ? Il s'est retourné, a tiré la couverture sur lui et a commencé à s'endormir en repensant au sort de sa sœur bien-aimée qui essaie de trouver la satisfaction dans le jardinage, etc. et de son mari qui trouve la satisfaction dans son égoïsme et son ego.

....

Intercités.

Athirakutty est la plus jeune fille de Raghavan Kaimal et de Meenakshi Amma. Après avoir obtenu son diplôme d'études supérieures au Maharajas College, alors qu'Athira restait à la maison, ses parents se sont occupés de la marier et ont commencé à chercher des demandes en mariage. Après avoir consulté le site matrimonial et enregistré son profil, son père a commencé à consulter ce site à la recherche d'un bon époux. C'est alors qu'un jour, sa mère lui dit que quelqu'un vient la voir. Lorsqu'elle l'entendit, elle devint très inquiète et alla voir sa mère pour lui dire.

"Maman, ce n'est que lorsque j'aurai trouvé un emploi que je serai prête pour le mariage. Ne pense à rien pour l'instant."

"Je veux me faire coacher pour un test bancaire. Je dois trouver un emploi. Comment pourrais-je vivre sans emploi en ce moment, maman ?" dit-elle encore.

La mère n'avait pas d'objection à son opinion. Elle a pris la parole.

"D'accord, tu as besoin d'un travail. En attendant, si une bonne proposition vient s'y ajouter, cela peut se faire. Maintenant, allez-y pour l'entraînement".

"Maman, personne ne veut me voir maintenant.

Plus tard, elle est allée voir son père et a insisté. L'idée s'est donc arrêtée là. Elle a raison. Au lieu de demander une dot dans le passé, les familles pauvres recherchent aujourd'hui des filles qui ont un emploi et des revenus.

Quoi qu'il en soit, Athira a commencé à suivre des formations bancaires. Plus tard, après avoir passé le test de la banque avec succès, elle a été sélectionnée comme directrice adjointe et a rejoint la succursale de la Banque de Baroda à Palakkad. C'est là qu'elle a rencontré Sreenath, le voisin de la maison de sa mère, qui était son subordonné. Il était le fils de Rajalakshmi de la Sreenilayam, la maison du côté sud.

"Bonjour, madame, vous ne me connaissez pas ?"

"Oh, je sais. N'êtes-vous pas du Sreenilayam ? Qu'en est-il de vos parents ? Ils ont donc refait connaissance.

Bien qu'ils se connaissent, ils ne s'étaient pas parlé jusqu'à aujourd'hui. C'est un peu par la malice de Dieu qu'Athira a pu devenir le supérieur de Sreenadh. Qu'est-ce que c'est ? Retournons dans l'enfance d'Athira pour le savoir.

Elle étudie à l'école LP. Pendant les vacances scolaires, Athira sera chez sa mère. Une grand-mère, un oncle, une tante et leurs enfants y vivent. Après y avoir passé des vacances, elle n'y revient qu'à l'ouverture de l'école. Elle passe toute la journée à jouer avec les enfants de son oncle et à marcher derrière sa grand-mère. Le soir, ils se racontent des histoires, chantent des chansons, etc. Elle dort dans la chambre située au sud de la maison. Grand-mère serait avec elle pour toutes leurs bêtises. L'oncle et la tante disent que grand-mère a deux fois plus d'énergie lorsqu'elle atteint Athiramol. Ces journées passées avec sa grand-mère sont un trésor de souvenirs.

Si l'on ouvre la fenêtre de la chambre à coucher alors qu'ils sont allongés sur le lit, on peut voir le Sreenilayam, la maison de Sreenadh dans le sud. À l'aube, personne dans la maison ne se réveillera, à l'exception de sa grand-mère. Ensuite, la lumière de la cuisine de cette maison au sud commencera à filtrer à travers les vitres de la pièce. Si l'on s'allonge et que l'on fait attention, on peut entendre le bruit de la baignade. Parfois, ils entendent la voix de sa mère qui leur dit : "Prends un bain, mon enfant", "Ne remuez pas l'eau de l'étang, mes enfants, etc. Il y a un grand étang dans la cuisine pour leur permettre de se baigner. Il est entouré d'un sol sablonneux et soyeux et l'eau est verte avec de petites mousses.

Dès que sa mère Rajalakshmi se lève, elle se rend d'abord à l'étang. Après avoir pris un bain, changé ses vêtements et trempé ses vêtements sales dans du savon, elle entre à l'intérieur. Elle n'entre pas dans la cuisine sans avoir pris un bain. Chaque matin, les enfants et le mari prennent d'abord un bain. Le jour venu, tout le monde, à l'exception de la grand-mère, sera "frais du jardin". La femme de ménage viendra laver tous les vêtements trempés plus tard. Le bain, le Thevaram, le

Sandhyavandanam et le Murajapa (rituels) font partie de leur routine quotidienne.

Avant l'aube, le plaisir de se baigner dans l'étang dans cette atmosphère agréable est différent. Le bruit de leur bain et quelques "sons de kalapilas" réveillent souvent Athira le matin. Lorsqu'elle se lève et s'assoit dans la véranda du côté est, on peut voir Sreenath, le fils aîné de la maison, qui se rend au temple le long de la route devant la maison avec un petit seau en acier rempli de fleurs. Il est parfois accompagné de son frère Harish, et parfois de sa sœur Shobha. Il sera alors presque six heures. Ils marchaient tous les trois en regardant vers le bas sans laisser personne parler. Sa tante l'appelle secrètement M. 'Keezhottunokki' (celui qui regarde vers le bas). C'est un plaisir pour elle de les voir marcher vers le temple en ce début de matinée.

Ce sreenilayam est une grande et vieille maison ancestrale. La grand-mère de Sreenath, la mère de la grand-mère et sa sœur, ainsi qu'un oncle, vivaient là il y a de nombreuses années. À l'époque, un jeune homme du nom de Raman Nair était cuisinier et leur préparait à manger. Il était très beau et n'importe quelle femme le regardait. Il avait une poitrine bien développée, un corps plein et assez grand, et un discours très humble. Il avait également un talent particulier pour préparer des plats délicieux. Après l'avoir regardé, Malathikutty, la jeune sœur de Grandma, est tombée amoureuse du cuisinier. L'émoi a été indescriptible lorsque la relation a été connue et le cuisinier a été immédiatement renvoyé. Grand-mère commence à conseiller sa sœur bien-aimée.

"Épouser un soodran ? Shiva Shiva ! Caste, quel est son travail, qu'y a-t-il dans sa maison ? Il connaît-il le murajapam ou le Thevaram, etc. ? Ce que les Soodras ont été chargés de faire, tu le sais, mon enfant ? Quel est le travail de leur clan ? L'enfant doit l'oublier".

La caste n'était pas un problème pour eux. Il est un piètre cuisinier et n'a pas d'argent. Malathikutty est maintenant désespérée et n'a ni bain, ni nourriture, ni sommeil. Elle passe toujours son temps à rester oisive et allongée dans la cuisine et à Patthayapura. Ils ont fait tout ce qu'ils pouvaient pour rompre cette relation. Mais il n'y a pas eu de changement pour Malathikutty. Finalement, elle a dit.

"D'accord, je ne veux pas me marier, mais ne me forcez pas à me remarier."

Ainsi, les mois se sont écoulés. Le cuisinier a ensuite ouvert une épicerie. Tout le monde pensait que le chapitre était clos. Malathikutty commença à se rendre au temple comme d'habitude. Mais c'était un autre début. Il venait quand elle allait au temple. Ils ont recommencé à se voir. Enfin, un jour, elle est descendue avec lui. C'est l'histoire de la sœur de grand-mère. Plus tard, ils n'y sont venus qu'à la mort de sa grand-mère. L'oncle et sa famille s'étaient également rendus dans la maison de sa femme.

La grand-mère de Sreekuttan est une vieille femme dont les cheveux ressemblent à une boule de coton. Son mari est décédé plus tôt. Sa tenue habituelle est un rauka (chemisier) blanc et un petit mundu. Elle a trois enfants. La fille aînée vit à Vadakara. La deuxième fille, Rajalakshmi, son mari et ses enfants sont avec elle. Le mari de Rajalakshmi travaille à la Haute Cour. Leurs enfants sont Sreekuttan, Harikutan et Shobha.

Athira a encore l'eau à la bouche lorsqu'elle se souvient qu'elle avait l'habitude de cueillir des mangues dans la cour située au sud de leur maison pendant la saison des mangues, de les mettre dans ses vêtements, d'y ajouter du sel et de les manger toutes. Si quelqu'un s'y rend, on peut voir qu'il y a plein d'arbres, de plantes et de fleurs partout, et on peut aussi sentir les bénédictions de Dieu avec la présence de personnes nobles et ponctuelles. Si les enfants de la fille aînée arrivent aussi au moment des vacances scolaires, alors il y a une grande fête.

Lorsque sa grand-mère se rend habituellement au Sreenilayam, elle n'entre pas directement et se rend à la véranda ouest par le côté sud. Lorsqu'elle était là, les initiés venaient aussi. Ensuite, en s'asseyant dans la véranda, ils commençaient à parler. S'ils voient Athira, ils diront,

"Cette enfant n'est-elle pas la fille de Saraswati ? Même visage". Puis elle secoue la tête.

Ensuite, on lui apportera des friandises et on les lui donnera. Athira s'asseyait avec sa grand-mère pendant un certain temps pour écouter son histoire. Ensuite, elle ramassait des feuilles, cueillait des mangues, cueillait des menthes dans les haies, et tout ce qu'elle pouvait faire dans la cour.

Il s'agit d'une belle et large cour sablonneuse. Elle veut courir et jouer dans la cour, mais personne ne veut l'accompagner. Les enfants ne descendent pas jouer avec elle. Ils interagissent avec ceux qui viennent de l'extérieur en les arrêtant dans la cour. S'ils venaient eux aussi dans la cour, nous pourrions nous amuser ! Mais ils s'approchent de la porte et restent là à la regarder. Lakshmana Rekha ! Autrefois, c'étaient les membres de la famille de grand-mère qui lavaient leurs vêtements. C'est pourquoi ils se comportent ainsi. C'est sa grand-mère qui le lui a dit lorsqu'elle a posé la question. Ils revenaient heureux après avoir acheté des cadeaux comme des mangues ou des fruits du jacquier, etc. que sa mère lui donnait pour qu'elle les ramène à la maison.

Ainsi, l'enfance d'Athira fut une période où Sreekuttan et sa famille étaient traités avec un grand respect par tous. Plus tard, lorsqu'elle est entrée au lycée et à l'université, elle n'est pas allée chez sa mère pour y rester.

Entre-temps, Sreekuttan a étudié et passé son MBA. Il a trouvé un emploi à la banque de Palakkad. Il se rend toujours de Thrissur à Palakkad en train. Les abonnements ont été pris par lui. La mère préparera toute la nourriture le matin et la lui donnera dans une boîte à tiffin. Bien que sa grand-mère soit âgée, elle n'a pas perdu son sérieux. C'est toujours elle qui s'occupe de l'administration de la maison, et lorsque le soleil se couche, elles nettoient et polissent les lustres pour les éclairer.

Sreekuttan se rend toujours au temple le matin. Les jours où il n'y va pas, sa mère ne l'autorise à quitter la maison qu'après avoir prié dans la salle de prière. Lorsque le train atteindra Thrissur, de nombreuses personnes en descendront. Ils obtiendront alors un siège à coup sûr. Il y a toujours un grand groupe pour aller travailler sur ce train avec lui. La plupart du temps, ils occuperont tous le même compartiment.

Ce n'est pas le Keezhottunoki Sreenadh que nous avions rencontré jusqu'à présent au cours du voyage ! Ils parlent tous avec des plaisanteries et des éclats de rire. Ils y discutent de tout et de rien, y compris des questions de bureau, des nouvelles les plus récentes, etc. Une fois le train Shornur arrivé, il n'y a plus que leur monde.

Il est très agréable de voir certains officiers de ce groupe apporter le petit-déjeuner du matin emballé et le prendre assis face à face dans le train et partager les nouvelles. Maria Fernandes est l'une d'entre elles. Elle vient toujours après avoir pris son petit déjeuner. Mais elle garde toujours un paquet à la main. Tout le monde en prendra et en mangera. Elle est célibataire et travaille au service des eaux. Bonne éloquence. Elle a des connaissances sur tous les sujets. Son teint doré, ses lunettes rondes, ses longs cheveux, son corps doux comme une fleur et surtout ses connaissances ont fait d'elle la coqueluche du groupe. Sreekuttan et elle sont de bons amis. Même après être descendus du train, les deux doivent aller dans la même direction. Ils sont ainsi devenus des compagnons éternels. Il a l'habitude de tenir un siège pour Maria ou de trouver un siège à côté de lui lorsqu'elle est loin. Sans elle, il ne s'amuse pas et s'ennuie.

Au bout d'un certain temps, tous deux sont tombés profondément amoureux. Réalisant la profondeur du flux d'amour dans leur snehathoni (bateau d'amour), ils ont finalement décidé de se marier.

Maria n'a pas rencontré d'opposition majeure dans sa maison. Mais si nous parlons de lui ? On peut dire qu'ils étaient très conservateurs. Tout ce qui s'est passé ensuite dans cette maison est indescriptible. Toutes les habitudes ont disparu dans cette maison. Il n'y a eu qu'un seul repas pendant des jours. Pendant un mois, tout le monde ne s'est même pas parlé. Sreekuttan ne parle plus qu'à son père. Malgré tout, Sree n'était pas prêt à abandonner. Il a pris une décision ferme.

"Si tu n'es pas d'accord, je la marierai par enregistrement, je l'amènerai ici et je la ferai rester."

On peut dire qu'ils ont accepté sa menace. Sur ce, ils l'ont autorisé à se marier. Le mariage a donc été célébré dans une salle voisine. Seuls les proches très indispensables de Sreenadh ont assisté à la cérémonie.

La famille de Sreenath, qui avait l'habitude d'interdire l'accès de son jardin aux étrangers et en particulier aux autres castes, vit aujourd'hui avec une chrétienne nommée Maria Fernandes. ....

Après s'être levé tôt le matin, avoir pris un bain et fait le Thevaram, Sri se rendra encore au temple. Le dimanche, il ira également à l'église avec Marie. Lorsqu'ils ont décidé de se marier, ils se sont fait une promesse.

"Sree peut vivre selon vos coutumes, mais je dois aller à l'église le dimanche. C'est une obligation pour moi".

"Bien sûr, je vous emmènerai."

Sree est d'accord. Il s'agissait d'un accord entre eux. Même si on dit à Shri de changer de religion, il acceptera peut-être. Devant lui, il n'y a plus que son sourire qui brille comme un arc-en-ciel.

Les mois passent. Il n'y a pas de blessure que le temps ne puisse guérir. L'opposition de la famille à son égard a commencé à diminuer. Maria commence à aimer cette nouvelle vie. Elle a commencé à apprécier leurs rituels, Kavu, temple, Tulasithara, etc. Elle a changé son nom en "Meera Sreenath" selon son propre choix et a commencé à suivre le mode de vie de Sree. Sreenadh et Meera se rendent ensemble au temple.

"Il n'y a pas de place pour la caste ou la religion dans notre vie, tant qu'il y a de l'amour. Il n'y a pas de manque d'amour ici". C'est ce que dit sa mère lorsque quelqu'un parle de cette relation.

"Elle vit de la même manière qu'ici. Si le mode de vie est accepté, la vie peut être confortable dans n'importe quelle religion", s'est également réconfortée Grand-mère en disant cela. Quoi qu'il en soit, leur vie de couple avance à grands pas. Avec la bénédiction de tous !

Ainsi, Sreenadh, le membre de cette famille orthodoxe, que la famille d'Athira appelait Keezhotunokki dans son enfance et qui la tenait à l'écart en ne l'autorisant pas à entrer chez lui et qui gardait également les étrangers dans leur cour, travaille maintenant comme son subordonné après s'être marié avec une personne d'une autre religion ! Que dire si ce n'est une petite malice de Dieu pendant le voyage en train ?

....

Le ciel et l'enfer.

Il s'agit d'une vieille histoire.

Un jour, Bhagavan (le Seigneur) se reposait à Vaikundam. Un cri retentit alors de quelque part. Bhagavan a remarqué d'où elle venait. Bhagavan comprit alors immédiatement que les pleurs venaient de l'enfer. Bhagavan se rendit immédiatement en enfer pour comprendre ce qui s'y passait. Plusieurs habitants de l'enfer se sont alors précipités vers Bhagavan et ont saisi ses pieds en lui demandant de les sauver de cet enfer et ont commencé à prier bruyamment.

Toutes les curiosités qu'on y a vues étaient très pitoyables. En de nombreux endroits, les arbres ont été coupés et desséchés. Dans certains endroits, les rivières se sont asséchées et les gens ont dû chercher de l'eau potable. Dans d'autres endroits, les collines et les montagnes ont été détruites. Des routes fissurées et des fuites de canalisations ont été observées un peu partout. La nature, par les vibrations qu'elle émet, perturbe également les créatures vivantes. Alors que les ordures s'entassent, les gens marchent en se bouchant le nez et l'atmosphère est totalement polluée. D'un côté, on achète de l'oxygène pour respirer, de l'autre, on achète de l'eau assoiffée que l'on boit dans des bouteilles. Les déchets comme le plastique sont entassés et brûlés. Du charbon de bois, des fumées toxiques et des embouteillages ont été observés dans la plupart des endroits.

Tous les individus sont des patients atteints de maladies liées au mode de vie. D'un côté, la nature est détruite et de l'autre, des gens se harcèlent, s'attaquent et s'assassinent. Bhagavan a vu toutes sortes de pécheurs, tels que des briseurs de vérité, des détourneurs de fonds, des faux témoins, des voleurs d'or, des voleurs d'idoles et des adultères. Partout, on entendait parler de corruption, de cruauté et d'iniquité. Lorsqu'ils ont vu Bhagavan, les gens de l'enfer ont poussé de grands cris en disant ,

"Il n'est pas juste que tu aies laissé beaucoup de gens jouir du paradis et que tu nous aies laissés seuls dans cet enfer, Seigneur. Nous sommes fatigués de l'enfer. Nous voulons aussi le bonheur céleste".

Entendant tout cela, Bhagavan eut pitié d'eux et les apaisa.

De là, Bhagavan se rendit immédiatement au ciel et y jeta un coup d'œil. Quel beau spectacle il a vu là !

Tout le monde était heureux de vivre sa vie. Quelle atmosphère paisible et sacrée ! On a vu partout des fleurs de lotus s'épanouir dans de magnifiques lacs d'eau douce, et de nombreuses espèces d'arbres d'âges et de tailles différents pleins de beaux fruits mûrs et de fleurs sont visibles partout, des oiseaux comme les flamants roses, les perroquets, les paons, etc. volent en groupes. Les cerfs noirs et les animaux féroces comme les buffles, les lions, etc. cohabitent sans crainte. Tous vivent confortablement dans de grands palais semblables à des palais d'or. Nulle part il n'est question d'adoration de Dieu ou de Bhakti. Ce n'est que lorsqu'on est dans la peine que l'on a besoin d'invoquer Dieu. Ici, tout le monde est semblable à Dieu, avec toutes les vertus, partageant les bénédictions sans même la peur de la mort et vivant heureux et satisfait. Il n'y a que pureté, amour, confort, paix et prospérité partout. Ouah ! Lorsque le Seigneur est venu en enfer, il a dû voir les gens qui étaient affectés par de mauvais sentiments comme la luxure, la cupidité, l'ivrognerie, le népotisme, la cruauté, l'injustice, etc.

Bhagavan a parlé au peuple du ciel de la situation difficile et des plaintes du peuple de l'enfer. Il leur a demandé d'aller en enfer pendant quelques jours et de donner le paradis aux habitants de l'enfer. Les habitants du ciel n'ont-ils pas l'habitude de donner seulement ? Ils sont d'accord. C'est ainsi que les habitants de l'enfer, qui n'étaient habitués qu'à recevoir, accédèrent au paradis. Les habitants du paradis ont également rejoint l'enfer.

Cela fait longtemps. Bhagavan recommence à entendre les pleurs. Le Seigneur a alors pensé que les gens du ciel pleuraient en enfer parce qu'ils ne connaissaient pas cette vie de l'enfer. Mais c'était du ciel. Bhagavan se demandait pourquoi ils pleuraient au ciel. Lorsque Bhagavan y jeta un coup d'œil anxieux, il ne vit rien des palais dorés ou des chemins fleuris qui s'y trouvaient auparavant.

Ils sont tous entrés en collision les uns avec les autres et ont tout écrasé. Les ruisseaux et les rivières étaient pollués. Les routes étaient défoncées. Les montagnes et les collines ont été brisées. C'était comme le vieil enfer qu'ils avaient vécu. demanda Bhagavan,

"Qu'est-ce qui ne va pas ?

"Seigneur, quand ils sont arrivés au paradis et qu'ils sont venus ici, tout le monde est devenu très arrogant et égoïste. Personne ne sait quoi dire ou faire. S'il te plaît, Seigneur, c'est assez, transfère-nous à notre ancienne place " En disant cela, ils ont recommencé à pleurer. Bhagavan est à nouveau confus mais décide de les transférer en enfer.

Mais lorsqu'il s'y est rendu, il n'y a pas vu l'enfer. Le peuple du ciel s'y est rendu, a enterré toutes les ordures et a nettoyé les rivières, et l'atmosphère est devenue propre sous l'effet de leur rayonnement spirituel sacré. L'air pur, l'eau pure, le sol propre, la bonne nourriture et les bonnes boissons y étaient abondants. Bhagavan rassembla alors les habitants du ciel et de l'enfer et donna un conseil.

"Le paradis et l'enfer ne sont gratuits pour personne. Il doit être gagné par nos efforts. La seule chose requise pour cela est notre attitude. Pour changer d'attitude, il faut adopter un état d'esprit noble. La pensée est le germe de toute action. C'est pourquoi il est plus urgent de s'efforcer de rendre notre esprit, notre intellect et notre compréhension nobles et purs que de s'efforcer d'obtenir des gains matériels".

Après avoir dit cela, le Bhagavan est reparti.

....

A propos de l'auteur

Renuka.K.P.

Renuka.K.P. est originaire du district d'Ernakulam, dans l'État du Kerala. Elle est la fille de feu Sri Parameswaran et de feu Smt.Kousalia. Après avoir obtenu son diplôme, elle est entrée au service du gouvernement du Kerala et a pris sa retraite en tant que Tahsildar. Aujourd'hui, elle est activement engagée en tant que rédactrice en ligne et affiche clairement sa vision des affaires sociales et culturelles de la société, notamment en ce qui concerne la violence domestique à l'égard des femmes.

www.ingramcontent.com/pod-product-compliance
Lightning Source LLC
LaVergne TN
LVHW041637070526
838199LV00052B/3417